JN035740

Espace-temps
Space time
時 空

Haïkus français / anglais / japonais

野頭 泰史

東京図書出版

Sommaire Contents 目次

Broderie / Embroidery：Yasuko Abe（刺繍：安部恭子）
Épigraphe・Photographie：Takeshi Fujimori（題字・写真：藤森武）

L'urgence de l'instant

Alain Kervern

Qu'est-ce que la réalité? Toutes les cultures, tous les hommes sont égaux devant ce mystère. Dans le domaine artistique, les réponses sont les plus inattendues, et propres à faire réfléchir. C'est ainsi qu'en extrême Occident, Brigitte Kloareg, chanteuse de la grande tradition bretonne, nous confia un jour que « *le chant nous traverse et continue sans nous* ». A l'autre extrémité du continent eurasiatique, aborder sur le plan artistique la question de la perception du réel, c'est autant réfléchir à son caractère insaisissable que s'interroger sur la saisie instantanée que peut en restituer une expression poétique, et notamment un genre aussi court que le haïku, celui que pratique avec talent le poète Yasushi Nozu.

Entrer dans le vent
et finalement en sortir
libellule rouge

Ce genre poétique nous renvoie à une manière originale d'aborder la question du temps, ainsi que celle de sa perception de la réalité, deux concepts intimement liés. Passé, présent et avenir ne sont qu'un seul et éternel présent dans le haïku, ce genre poétique où tout recommence à chaque instant. Le passé n'y apparaît qu'en tant que préfiguration du futur, quand le présent n'est déjà plus que l'apparence d'un souvenir. Car le temps du haïku, qui se confond avec celui du « mot de saison » chargé de l'émotion du temps qui passe, fonctionne à plusieurs niveaux, parce que ses ramifications plongent profondément dans les traditions littéraires surtout japonaises mais aussi chinoises.

> *Fleurs des cerisiers*
> *les formes de la montagne*
> *enfin se révèlent*

La représentation japonaise du temps s'élabore en effet selon une sensibilité ayant affiné, en amont de ses différentes composantes saisonnières, une lecture intelligible du flux et du reflux qui régissent en alternance la marche de l'univers. C'est aussi l'art de percevoir une réalité qui émerge, si instable, si imprévue en ses premières manifestations, avant sa phase de stabilité et de plénitude. La pratique du haïku peut parfois exercer les sens à voir et à sentir ce qui n'est pas encore manifesté comme une évidence aux yeux de tous. C'est alors l'art de voir et de ressentir ce qui reste encore invisible pour la plupart des gens. La révélation de ce qui est encore imperceptible n'implique pas que l'invisible ait été rendu visible, mais que le poème participe d'une autre réalité, celle qui point à l'instant de naître sur le papier.

De l'espace vide
un morceau s'est décollé
papillon d'hiver

Chaque parcelle de vie concentrée à l'intérieur du haïku vibre d'une intensité telle qu'elle apparaît comme une ultime vérité, parce que le regard du poète voit déjà ce qui est encore en devenir. En saisissant souvent l'instant dans sa plénitude, il s'agit de restituer immédiatement tout son prix et sa saveur comme pour le soustraire à jamais à la disparition. Réalité en devenir, souvenir passé ou éternel présent apparaissent pour le poète comme les aspects d'un même flux vital.

L'eau qui a gelé
sur l'eau qui n'est pas gelée
en train de flotter

Cette réalité perçue en poésie s'inscrit pour le poète dans un cycle de créations où les renaissances sont multiples. Écrire des haïkus, c'est poser des repères au long d'une pérégrination faite d'émotions, de surprises, d'étonnement et d'attendrissement.

Dans l'attente du pain frais
les amoureux font la queue
matin de Pâques

Ainsi, l'écriture de haïkus permet à l'auteur de connaître et de vivre plusieurs réalités à plusieurs niveaux. Composer des haïkus, c'est oublier le cycle des certitudes et des habitudes en apprenant à faire vivre l'esprit qui habite les mots. Vivre et créer des haïkus, c'est apprendre à suspendre le temps pour interroger la vie dans l'oubli total de soi. Tel est l'enseignement étonnant que le lecteur peut recevoir de la lecture des haïkus de Yasushi Nozu.

一瞬の切迫

アラン・ケルヴェルン
野頭泰史訳

　現実とは何か。すべての文化、人間は、この神秘な問いを前にさ迷っている。その答えは、芸術の分野においては思いがけなかったり、考えてみれば、最も本義であったりする。私達は、ある日、西洋の端で、ブリジット・クロアレグというブルトン人の伝統的な歌い手によって、「歌は私達にしみ入り、私達なしでも歌い継がれていく」ことを教えられた。一方、ユーラシア大陸の端では、「現実をどう認識するか」という問いに、芸術的な構想のもとで取り組まれている。それは、詩的表現でもって再現しようと、一瞬の把握を自問し、その捉えがたい特徴を考え、とりわけ俳句という短い表現でもってなされている。それこそが、才能ある詩人、野頭泰史による実践である。

風 に 乗 り 風 を 離 る る 赤 と ん ぼ

　この句は、「時間とは何か」との問いに、一つの独創的な手法、つまり、現実を認識する二つの密接な概念を示している。一つは、過去、現在、未来は、唯一、永遠な存在ではなく、この句

のように、絶えず繰り返されていること。また、現在が思い出でしかない間は、過去は、未来の前兆として現れることはない。二つには、俳句における時間は、季語のもつ時間（過ぎ去った時の感動が詰められている）と混じり合い、いくつものレベルにおいて機能すること。そして、とりわけ日本語、漢字にとって、季語から枝分かれしたものは、文学的伝統に深く根ざしている。

桜咲き山の姿の定まりぬ

　彼の時間に関する日本語表現は、洗練された感性によって、入念に作り上げられている。この句は、季節ごとの様々な要素でもって、森羅万象の運行を支配する潮の干満を理解させる。完全で安定した局面以前では、彼の生み出した表現は、意外で、不安定なものと受けとられるかもしれない。しかし、それは、現れる現実を察知する彼のアートに他ならない。俳句の創作は、再び現れないことを見たり感じたりする感覚を磨いてくれる。大方の人にはまだ見えないことを、強く感じさせたり見えたりさせるのが、彼のアートである。再び感じられないことを明らかにすることは、見えなかったことを見えるようにすることではない。しかし、彼の句は、現実を多面的に捉えることによって、一瞬にしてそれらを紙の上に炙り出す。

空間を剝れ一片冬の蝶

　作品の中で、命の一片は、最後の真実のように現れて、強きものとして震える。それゆえ、詩人の視線は、いまだ絶えざる流転を見つめ、対象（蝶）の絶頂の一瞬を感じ取りながら、消えてしまうことをいかなる時もいとおしむように、その価値と面白さを即座に再現する。流転して止まない現実、過去の思い出、永遠なる存在は、彼によって、生命の流れとして甦る。

水氷り氷らぬ水に浮かびけり

　詩人によって把握された現実は、多様なルネサンス（再生）、創造のサイクルによって表現される。俳句の創作、それは、感受性（感動、驚き、憐れみなど）を豊かに保つ長い旅である。

焼きたてのパンに並んで復活祭

　俳句の創作は、何時いかなる場合にも、現実を知り、生きる喜びを与えてくれる。俳句を書くことは、言葉のもつ精神を活かし、常識や慣習に囚われないことである。
　俳句を創作し生きるとは、自分を忘れ、自分を見つめる時間を持つこと。それが、野頭泰史の俳句から得られる教訓である。

Printemps　Spring

Deux petits ruisseaux
Une seule rivière
Mouvements de printemps

Two shallow streams merging
Into a single river
Spring begins to move

二筋の川一筋に春動く

Futasujino Kawahitosujini Haruugoku

Le javelot file

Une puissante parabole

Les herbes bourgeonnent

Parabola drawn

By a boy with a javelin

Grass is coming up

槍投げの抛物線や草萌ゆる

Yarinageno Houbutsusenya Kusamoyuru

Le ciel des buildings

Pris dans un air anguleux

Le froid se prolonge

The sky of buildings

Frozen in angular air

Lingering coldness

ビルの空角張つてたる余寒かな

Birunosora Kakubattetaru Yokankana

La rose commence à pousser
Le bout de l'auriculaire
Me lancine un peu

The bud of a rose
Throbbing pain at the tip of
My little finger

薔薇芽吹き小指の先の疼きをり

Baramebuki Koyubinosakino Udukiwori

Aurore printanière*
Exercices de gymnastique
Radiodiffusés

Dawn of a spring day*
Performing calisthenics
On the radio

春は曙ラジオ体操してゐたり
Haruhaakebono Rajiotaisou Shitewitari

Édifice symétrique
Du palais du parlement
Jour de la Fondation

The Diet Building's
Bilateral symmetry
On Foundation Day

議事堂は左右対称建国日

Gijidouha Sayuutaishou Kenkokubi

Jour de la Fondation

Les lunettes du proviseur

Scintillent un instant

Light reflected on

A school director's glasses

On Foundation Day

校長の眼鏡の光る建国日

Kauchiyauno Meganenohikaru Kenkokubi

Deux chattes amoureuses

Passées au coin de la rue

Portées disparues

Some cats in love

Who have turned at a corner

Gone out of sight

曲り角曲り恋猫それつきり

Magarikado Magarikohineko Sorekkiri

Courantes ou dormantes
Elles sont brillantes au soleil
Les eaux de printemps

Flowing or filling
Under the sun is shining
The water of spring

流れては湛へては照り春の水

Nagareteha Tatahetehateri Harunomidu

Eaux printanières
À prendre ou à laisser
En prendre à pleines mains

Spring's water
Scooped up being left over
Scooped up with both hands

春水を掬ひ余して掬ひけり

Shunsuiwo Sukuhiamashite Sukuhikeri

Une note noire
Précédée d'une double croche
Ruisseau de printemps

Crotchets and quavers
Jumping dancing and singing
The spring rivulet

四分音符八分音符や春の川
Shibuonpu Hachibuonpuya Harunokawa

Née pendant le séisme
Une enfant de trois ans sème
Des graines de pensées

During the earthquake
She was born and now she plants
The seeds of pansies

花の種蒔く地震の中生まれし子
東日本大震災から3年

Hananotane Makunawinonaka Umareshiko
Higashinihondaishinsaikarasannen

Labours de printemps
Frapper gratter retourner
La terre brillante

Farming in the spring
Beating plowing and turning
The earth is shining

春耕の打つ鋤く返す土光る

Shunkauno Utsusukukahesu Tsuchihikaru

Une petite main

Serre son crayon de couleur

Devant les tulipes

Little hand clasping

White joints on a red crayon

In front of tulips

クレヨンを握りしめる手チューリップ

Kureyonwo Nigirishimerute Chūrippu

Un soir de printemps
Les immeubles se penchent
Les uns vers les autres

At the spring evening
With each other those buildings
Are inclining to

春の宵傾き合へるビルの間

Harunoyohi Katamukiaheru Birunoahi

Nuit de printemps
Ils s'éloignent de moi ravis
Les bruits des souliers

On a spring night
From me are floating away
The sounds of black heels

春宵の身を離れ浮く靴の音

Shunseuno Miwohanareuku Kutsunooto

Soirée de printemps
Au milieu de la vitre un
Visage inconnu

Just in the middle
Of a spring's evening's pane
Face of a stranger

春宵や硝子の中の他人の顔

Shunseuya Garasunonakano Hitonokaho

Une bifurcation
Où j'ai perdu mon chemin
Un soir de printemps

A bifurcation
Where I have lost myself
In a spring evening

Y字路の迷子となりぬ春の宵

Waijirono Mahigotonarinu Harunoyohi

Soir de printemps
Un haïku de Buson[*]
Me fait bafouiller

Dusky spring evening
My tongue got twisted by the
Haiku of Buson[*]

春宵や舌にもつれる蕪村[*]の句

Shunseuya Shitanimotsureru Busonnoku

Petit oiseau de printemps

Tremble de tout son corps en

Toutes directions

A little spring bird

Shaking in all directions

All its little limbs

春禽の身を震はせて全方位

Shunkinno Miwofuruhasete Zenhauwi

Fleurs des cerisiers

Les formes de la montagne

Enfin se révèlent

Cherry blossoms

Coming out and settling

The shape of the hill

桜咲き山の姿の定まりぬ

Sakurasaki Yamanosugatano Sadamarinu

Mon plus cher désir

Sous les fleurs de cerisier

Gâteau de mochi

My greatest desire

Under the cherry blossoms

Have a mochi cake

願はくは花の下にて桜餅

Negahakuba Hananoshitanite Sakuramochi

Cerisiers sous la pluie
La petite fille se blottit
Sous son parapluie

A little girl completely
Swallowed by her umbrella
Rainy cherry bloom

傘に子のすつぽり隠れ花の雨

Kasanikono Supporikakure Hananoame

Aujourd'hui plutôt que demain

Les pétales des cerisiers

Tombent en tempête

Before tomorrow today

In the middle of a storm

Of cherry blossoms

花ふぶき明日のことより今日のこと

Hanafubuki Asunokotoyori Kefunokoto

Les pétales s'envolent
Et l'archipel japonais
Se retrouve au calme

Cherry blossoms scatter
The Japanese Islands have
Subsided again

花散つて日本列島鎮まりぬ

Hanachitte Nihonrettou Shidumarinu

Voir la chèvre et
Être vu par la chèvre
Midi au printemps

Looking at the goat
Being looked at by the goat
On a day in spring

山羊を見て山羊に見らるる春の昼
Yagiwomite Yaginimiraruru Harunohiru

Conséquence de l'efficacité

Une grenouille s'ennuie

Déjà à midi

Consequence of efficiency

The frog is feeling boredom

Well before midday

効率の先の退屈昼蛙

Kauritsuno Sakinotaikutsu Hirukahadu

Elle lave la vitre
Une jambe suspendue en l'air
Un jour de printemps

Scrubbing a window
One leg hanged out in the air
Is this a spring day

窓拭きの片足の浮く春日かな

Madofukino Kataashinouku Haruhikana

Tout contre son maître   Snuggling close up
Un chien d'aveugle se serre   To his master a guide dog
Long jour de printemps   A long day in spring

寄添へる盲導犬の日永かな

Yorisoheru Maudaukenno Hinagakana

Flaque de boue printanière On a muddy alley

Sur mon bras soudainement On my arm the sudden pull

La main droite d'une femme A woman's right hand

春泥にぐいと女の右手かな

Shundeini Guitoonnano Migitekana

Dans l'attente du pain frais
Les amoureux font la queue
Matin de Pâques

Standing in a line
For some freshly baked baguette
Morning of Easter

焼きたてのパンに並んで復活祭

Yakitateno Panninarande Fukkatsusai

Lumière généreuse
Sous le soleil attraper
Un rhume de printemps

Warming under the
Overflowing light of Sun
A small cold in spring

たつぷりと日差しの中の春の風邪

Tappurito Hizashinonakano Harunokaze

Insensibles aux limites

De l'espace-temps qui grandit

Les graines de saule

Space time expanding

Without any limit

The seeds of willow

限りなく広がる時空柳絮飛ぶ

Kagirinaku Hirogarujikuu Ryuujotobu

Un deux trois quatre

Les graines de pissenlit

S'envolent vers la mer

One two three four five

Dandelion's fuzzs split away

Flying to the sea

ひいふうみいたんぽぽの絮海原へ

Hiifuumii Tanpoponowata Unabarahe

Des ondes radios invisibles

Dans le ciel de la ville

Premières hirondelles

Invisible radio waves

In the sky of the small town

Here come the swallows

町空の見えない電波初燕

Machizorano Mienaidenpa Hatsutsubame

Le manteau de printemps   Spring coat ejected
Éjecté du tourniquet   Out of revolving door
Et voilà ma femme   Oh this is my wife

回転ドア弾き出される春コート

Kaitendoa Hajikidasareru Harukōto

Cigales printanières

L'île toute entière est

Une seule montagne

Spring cicadas chirp

The whole of the island is

A single mountain

春蟬や島全体が一つ山

Haruzemiya Shimazentaiga Hitotsuyama

Été　Summer

Poussé dans le dos
Par l'aiguille des secondes
Le Jour des enfants

By the second hand
I'm being pushed in the back
On the Children's Day

秒針に背中押さるるこどもの日

Beushinni Senakaosaruru Kodomonohi

Fête des Mères

Cette journée là la mer

Calme infiniment

On Mother's Day

How calm and peaceful can be

The face of the sea

母の日の海平らかでありにけり

Hahanohino Umitahirakade Arinikeri

L'homme de Bretagne
Dans l'ombre des azalées
Apparait enfin

The man of Bretagne
From the shade of azaleas
Come out at last

ブルターニュの男現はる五月闇

Burutānyuno Wotokoaraharu Satsukiyami

Une ombrelle blanche

Suivie d'un petit chien blanc

C'était déjà mai

A white parasol

Pulling a little white dog

It is May at last

白き傘白き犬引く五月かな

Shirokikasa Shirokiinuhiku Gogatsukana

Juste toi et moi

Nous nous tordons de rire

C'est une cerise

Just you and me

We are convulsed with laughter

It is a cherry

二人して笑ひころげるさくらんぼ

Futarishite Warahikorogeru Sakuranbo

Les hirondelles du nid
Font partie de la famille
De la fabrique

The swallow's chickens
Are part of the family
Of the small workshop

燕の子家族となりぬ町工場

Tsubamenoko Kazokutonarinu Machikouba

Des magnolias

Éclosent les grandes fleurs

L'odeur de Kyoto

The great magnolias

Are beginning to blossom

Perfume of Kyoto

泰山木開きて京の香りかな

Taisanboku Hirakitekiyauno Kaworikana

La chenille s'agite

J'ai oublié quelque chose

Mais oublié quoi

A caterpillar hastens

I think I forgot something

But can't remember

毛虫急ぐ何か忘るる何ならむ

Kemushiisogu Nanikawasururu Naninaran

Graphique en lignes

Polygonales transparentes

Là les Médakas[*]

Transparency of

Polygonous graphic lines

Killifishes[*]scatter

透明な折れ線グラフ目高[*]かな

Toumeina Oresengurafu Medakakana

Pour les orges mûres

Le tonneau est un berceau

Le temps des moissons

For the ripeness of barley

The barrel is a cradle

Wheat harvest season

熟成の樽はゆりかご麦の秋

Jukuseino Taruhayurikago Muginoaki

Les mots des fermiers

Emportés par le vent vif

Moissonner les blés

Gone with the wind

The voices of the farmers

The harvest of wheat

人声の風に飛ばされ麦を刈る

Hitogoeno Kazenitobasare Mugiwokaru

Le dégel du Mt.Fuji

L'archipel du Japon est

Le pays de l'Eau

Thawing Mt.Fuji

Archipelago of Japan

Is Midu's country

夏富士や日本列島水の国

Natsufujiya Nihonrettou Midunokuni

Regarder ce crapaud

Peut-être qu'il ne bouge pas

Peut-être qu'il bouge

Look at the toad

Maybe he may be moving

Maybe he may not

動くとも動かざるとも蟇

Ugokutomo Ugokazarutomo Hikigaheru

Les yeux dans les yeux   Glances are exchanged
Regarder le poisson chat   With the catfish in the tank
Refermer les yeux   He closes his eyes

目の合ひて鯰は眼閉じにけり

Menoahite Namaduhamanako Tojinikeri

Lucioles de mon enfance

Souvenirs lointains derrière

Mes paupières fermées

In the remote world

On the back of my eyelids

Long gone fireflies

眼裏の遠き世界の螢かな

Manaurano Tohokisekaino Hotarukana

L'eau de Cologne
Dont se parfume le jeune homme
Vêtements d'été

The eau de Cologne
A young man changes into
His summer clothing

青年のオーデコロンや更衣

Seinenno Ōdekoronya Koromogahe

Les tempes d'un homme
Qui mastique une épaisse
Tranche de pieuvre

Manly temple
Mastication of a thick
Slice of octopus

<ruby>顳顬<rt>こめかみ</rt></ruby>やぶつ切りの蛸噛みゐたり

Komekamiya Butsugirinotako Kamiwitari

Revenus à la vie

Les coucous de la forêt

De mes souvenirs

Coming back to life

The cuckoo in the forest

Of my memory

甦る記憶の森の閑古鳥

Yomigaheru Kiokunomorino Kankodori

Sous deux arcs-en-ciel

Le globe est à l'évidence

En forme de globe

A double rainbow

The Globe is evidently

Of globular shape

虹二重地球は球でありにけり

Nijifutahe Chikiuhakiude Arinikeri

Avec un chapeau d'été
Mon visage est différent
Là dans le miroir

Looking in the mirror
Seeing a different face
With my summer hat

鏡中の別の顔して夏帽子

Kyouchuuno Betsunokahoshite Natsuboushi

Les ors qui s'effacent   At sea disappeared gold

Puis les argents qui s'effacent   At sea disappeared silver

Les noctiluques flottent   Phosphorescent bugs

金と消え銀と消えゆく夜光虫

Kintokie Gintokieyuku Yakuwauchuu

L'espace d'un instant　　　An instant of clear

L'espace s'éclaircit　　　Cutting a space in the rain

Papillon des pluies　　　Season's butterfly

空間の晴るる瞬間梅雨の蝶

Kuukanno Harurushunkan Tsuyunochou

Un papillon d'été

Un peu lourdement volette

A l'horizontal

Horizontally

The heavy flutter of a

Summer butterfly

水平にや、夏蝶の重たけれ

Suiheini Yayanatsuchouno Omotakere

Effleurant le pavé   Touch of the pavement
Surchauffé par le soleil   Overheated by sunshine
Papillon d'été   Summer butterfly

かつと照る舗道に触れて夏の蝶

Kattoteru Hodaunifurete Natsunochou

Les gens de Tokyo

La nuit ne dorment jamais

Faire sécher les prunes

In the middle of night

Tokyo is never sleeping

To dry the umes

東京の夜眠らねど梅を干す

Toukiyauno Yorunemuranedo Umewohosu

Nuages d'été

Vers le cœur qui l'a lancé

Le boomerang revient

Under the summer sky

Toward the heart who throws it

The boomerang returns

夏空や胸に戻り来ブーメラン

Natsuzoraya Munenimodoriku Būmeran

Cumulo-nimbus
Le pneu de ma bicyclette
Est déjà crevé

Cumulo-nimbus
Already my bicycle
Has a flat tire

入道雲自転車パンクしてゐたり

Nifudaugumo Jitenshapankushitewitari

Des nuages d'été
Au loin la forme s'élève
L'horizon vacille

Bank of summer clouds
Far away the horizon
Is slowly slanting

夏雲やぐらり傾く水平線

Natsugumoya Gurarikatamuku Suiheisen

Tel un instant qui

Dure toute une éternité

Une goutte s'égoutte

An instant that lasts

The whole of eternity

Dropping of a drop

一瞬の永遠のごと滴れり

Isshunno Eiennogoto Shitatareri

Un scarabée-rhinocéros Grasping back at the finger

Sans en démordre pince Grasped rhinoceros beetle

Le doigt qui le pince Never let it go

摑む指摑み放さぬ兜虫

Tsukamuyubi Tsukamihanasanu Kabutomushi

A la surface

De l'eau dure comme un miroir

Une araignée d'eau

Hard as a mirror

The surface of the water

A water skipper

水面は鏡の堅さ水馬

Suimenha Kagaminokatasa Amenbou

Poissons volants

Et devant la proue s'étale

L'océan Pacifique

Flying fishes

The Pacific Ocean

Lays beyond the bow

飛魚や船首の先の太平洋

Tobiuwoya Senshunosakino Taiheiyau

Jetez vos vieux livres

Allons tous en ville fêter

Le Quatorze Juillet

Let's throw those old books

And join with the crowd downtown

On the Bastille Day

右綴の書を捨て街へ巴里祭

Migitojino Showosutemachihe Parīsai

Le temps qui passe

De tous ces gens qui passent

Le soleil couchant

Time is passing by

People are passing away

The sun is sinking

時過ぐる人の過ぐるや大西日

Tokisuguru Hitonosuguruya Ohonishibi

Le ventilateur tourne

Ce pays est bien trop loin

Pour les réfugiés

For all refugees

It is a distant country

An electric fan

難民に遠かりし国扇風機

Nanminni Tohokarishikuni Senpuuki

La Chambre du Parlement
Nettoyée de fond en comble
Orage du soir

The Diet Building
Is completely washed out
Afternoon shower

議事堂を洗ひ尽くして夕立かな

Gijidauwo Arahitsukushite Yudachikana

L'été au Japon
Si parfaitement carré
Le tofu glacé

In summer in Japan
It's a chilled square of tōfu
Summer of Japan

日本の夏真四角な豆腐かな

Nipponnonatsu Mashikakuna Toufukana

Porte qui s'ouvre et se ferme   Opened or closed
À chaque fois s'envole   Are rushing into the door
Le chant des cigales   The cicadas' songs

開け閉ての度に飛び込む蟬の声

Aketateno Tabinitobikomu Seminokoe

Sans faire aucun bruit
La caméra surveille
La rue brûlante

Security camera
Watching without a sound
The road is baking

音もなく監視カメラや道灼くる

Otomonaku Kanshikameraya Michiyakuru

Pesant sur ma nuque

La chaleur est si lourde

Tellement lourde

A yoke has been put

Over the back of my neck

It is scorching hot

首筋のぐわーんと重き暑さかな

Kubisujino Guwāntoomoki Atsusakana

Manger du curry
Au cœur de l'été au loin
Regarder les vagues

Eating some curry
In the distance of dog days
Watching the waves

カレー喰ぶ遠くに土用波を見て

Karētabu Tohokunidoyounamiwomite

La mer en août

Plaise à Dieu que tu reviennes

Tranquille et calme

The sea of August

Could you please forever

All calm and peaceful

八月の海や平らか安らかに

Hachigatsunoumiya Tahiraka Yasurakani

La zone atomisée

L'été à Hiroshima
La première fois refleurissent
Les lauriers-roses

The zone of atom-bomb

Oleanders
Summer of Hiroshima
Is blooming again

夾竹桃広島の夏巡り来る

Kyouchikutau Hiroshimanonatsu Megurikuru

La flamme olympique
Caché au revers du monde
Le deuil atomique

The Olympic Flame
On the reverse of the world
The atomic grief

聖火燃ゆ地球の裏の原爆忌

Seikamoyu Chikiunourano Genbakuki

Le deuil de la bombe atomique

Les six et neuf août

L'être humain ne serait-il

Que roseau pensant

Mourning atomic drop

The human beings are

Nothing more than thinking reeds

August sixth and ninth

人間は考ふる葦原爆忌

Ningenha Kangaheruashi Genbakuki

Écoutant chaque jour

Les bruits de pas du fermier

La pastèque grandit

Growing everyday

Listening to my footsteps

The watermelons

足音を聞きて育ちし西瓜かな

Ashiotowo Kikitesodachishi Suikuwakana

Fendre la pastèque

Tout à coup se présentent

Des mains des mains des mains

Breaking the watermelon

Suddenly are reaching out

Hands and hands and hands

西瓜割るどつと差し出す手と手と手

Suikuwawaru Dottosashidasu Tetotetote

Automne   Autumn

Sur la planète
Être né avoir vécu
Danser en cercle

Upon this planet
To be born and be alive
Dance in a circle

惑星に生まれて生きて踊の輪
Wakuseini Umareteikite Wodorinowa

La Voie Lactée
Ce petit monde des Hommes
Noyé de lumière

The world of the men
Under the flood of the lights
Oh my Milky Way

<ruby>人間<rt>じんかん</rt></ruby>は光の洪水天の川

Jinkanha Hikarinokouzui Amanogawa

Dans l'espace noir d'ébène
L'astronaute tend la main
Vers une pomme bleutée

Emptiness of space
The reach of an astronaut
For a blue apple

遊泳の宇宙飛行士青りんご

Iueino Uchiuhikaushi Aworingo

Il fait un peu frais
La voix vive et forte du
Marchand de légumes

It is a little cool
The penetrating voices
Of the greengrocers

新涼や八百屋の声のよく通る

Shinriyauya Yahoyanokoeno Yokutohoru

De la montagne
Le jour de la Montagne
Je me ressource

From the mountain
I regain all my spirits
On Mountain Day

山 の 日 の 山 か ら 力 貰 ひ け り

Yamanohino Yamakarachikara Morahikeri

Feuille morte du paulownia
Ma femme me prépare toujours
Trois repas par jour

Fallen leaf of paulownia
My wife is cooking three meals
Every single day

桐一葉妻に三度の飯仕度
Kirihitoha Tsumanisandono Meshishitaku

Découpé par les éclairs   Between the buildings
L'apparition d'un building   Appearance of a building
Parmi les buildings   Flashes of lightning

ビルの間のビルの出現稲光

Birunomano Birunoshutsugen Inabikari

Est-ce un Suzumushi[*]

Non c'est un Kohorogi

Débats au dîner

Is it a Suzumushi[*]

No it's a Kohorogi

Talks at the supper

鈴虫[*]ね蟋蟀だよと夕餉かな

Suzumushine Kohorogidayoto Yufugekana

Profondes ténèbres
Où la chanson du grillon
Peut porter très loin

Deeper the darkness
The stronger are heard the calls
Of the crickets' night

蟋蟀の闇深ければ声の張り

Kohorogino Yamifukakereba Koenohari

L'aubergine d'automne

Dont je veux goûter le goût

Elle n'a pas de goût

Such a tasteless taste

That I want to taste at it

Autumn's aubergine

秋茄子味なき味を味はへる

Akinasubi Ajinakiajiwo Ajihaheru

Vérifier sa direction
En regardant la montagne
Libellule rouge

Watching the mountain
Confirming the direction
A red dragonfly

山を見て向きを確かめ秋茜

Yamawomite Mukiwotashikame Akiakane

Entrer dans le vent

Et finalement en sortir

Libellule rouge

To ride upon the wind

To stray away from the wind

A red dragonfly

風に乗り風を離るる赤とんぼ

Kazeninori Kazewohanaruru Akatonbo

L'expression qu'elle prend
A l'instant où elle se tourne
La mante religieuse

A look on the face
The instant it has been turned
A praying mantis

蟷螂の振り向きざまの面構へ

Taurauno Furimukizamano Tsuragamahe

Le dragon qui plonge

Une carpe moustachue coincée

Dans les profondeurs

The diving dragon

Moustache of a carp stuck in

The depths of the pond

龍淵に*淵を出られぬ鯉の髭

Ryuufuchini Fuchiwoderarenu Kohinohige

Vers les océans

Mettez la barre à tribord

Pleine lune ce soir

To the ocean

Let's steer the ship to starboard

A full moon tonight

外海へ面舵いつぱい今日の月

Sotoumihe Omokajiippai Kefunotsuki

Dans le ciel étoilé

Où elle se devait d'être

La lune n'y est pas

The black of the sky

Where it was supposed to be

Yet the moon is not

満天にあるべき月の無かりけり

Mantenni Arubekitsukino Nakarikeri

Les soirs de Maruyama[*]
Debout assis puis couché
J'attends la lune

Evenings of Maruyama[*]
Standing sitting then lying
Waiting for the moon

円山[*]の立待居待寝待月

Maruyamano Tachimachiimachi Nemachiduki

La nuit de pleine lune
Du chat noir à la fenêtre
L'ombre qui grossit

On a full moon night
Of the cat at the window
The growing shadow

十五夜の影を大きく窓の猫

Jifugoyano Kagewoohokiku Madononeko

Grande marée d'automne
Des odeurs du Pacifique
Je m'emplis le cœur

High tide of autumn
Filling my chest with the breeze
Of the Pacific

初潮や胸いつぱいに太平洋

Hatsushihoya Muneippaini Taiheiyau

Juste en plein milieu

Des vagues de la mer d'automne

Mon épouse et moi

Right in the middle

There in the sea of autumn

My wife and myself

秋の海真つ只中に妻と我

Akinoumi Mattadanakani Tsumatoware

Le paquebot Asuka
Tel une feuille d'arbre battu
Par la tempête

A leaf at the mercy
Of the wrath of the typhoon
Cruise ship Asuka

飛鳥いま木の葉となりて野分中

Asukaima Konohatonarite Nowakinaka

Le pigeon le pigeon

Je trouve dans ton œil rond

L'automne arrondi

Pigeon O pigeon

What I find in your round eye

It's a round autumn

鳩や鳩丸き目の中丸き秋

Hatoyahato Marokimenonaka Marokiaki

Ne devenir qu'un
Le vent le soleil et moi
Moissonnez le riz

Becoming one
With the sun and with the wind
The harvest of rice

風と陽と一つになりて稲を刈る

Kazetohito Hitotsuninarite Inewokaru

J'arrache des deux mains
À la terre violentée
Des cacahuètes

With my own two hands
Digging out the peanuts
Shaking all the earth

掘り起し地球揺さぶり落花生

Horiokoshi Chikiuyusaburi Rakukuwasei

Cueillette des champignons

J'y suis allé guidé par

La voix des locaux

Going mushrooming

Heading my steps to the source

Of locals'voices

地の人の声する方へ茸山

Jinohitono Koesuruhauhe Kinokoyama

Automne généreux
Poterie de l'ère Jômon[*]
Aux fesses charnues

Protruding bottom
Of the Joumon's pottery[*]
Abundant autumn

縄文の土偶出つ尻豊の秋[*]

Joumonno Doguudecchiri Toyonoaki

Papillon du ciel d'automne

Il est descendu bien bas

Et s'envole très haut

Going down and up

Flying far into the sky

Autumn butterfly

低くきて高く飛びゆく秋の蝶

Hikukukite Takakutobiyuku Akinochou

L'impression que quelqu'un
Se rapproche par derrière
Papillon d'automne

It feels like someone
Is approaching from behind
Autumn butterfly

後ろから人来る気配秋の蝶

Ushirokara Hitokurukehai Akinochou

Plantains des chemins

Telles des ornières poussant

Sur d'autres ornières

Plantains on the road

Another set of wheel tracks

Laid over wheel tracks

車前子の轍の上の轍かな

Ohobakono Wadachinoueno Wadachikana

Traces de patte du chien

Puis traces de pas d'un homme

Rosée dans l'herbe

Dew on the grass

The foot of the man follows

The paw of the dog

犬 の 足 人 間 の 足 草 の 露

Inunoashi Ningennoashi Kusanotsuyu

Un seau dans un puits

La nuit tombe sur la ville

La clarté au fond

Fall of the bucket

Brightness at the bottom of

The sky of the town

釣瓶落し底の明るき町の空[*]

Tsurubeotoshi Sokonoakaruki Machinosora

Retour des oies sauvages

On peut voir la montagne

De partout en ville

Mountains can be seen

From all parts of the village

Wild geese are coming

どこからも山見ゆる町雁渡る

Dokokaramo Yamamiyurumachi Kariwataru

Regarder encore

L'exposition Picasso

De près ou de loin

Art exhibition

Moving around Picasso

Closer and further

近づいて離れてピカソ美術展

Chikaduite Hanaretepikaso Bijutsuten

Vers le village

L'air de la montagne descend

Clore les pâturages

The air of the mountain

Descends upon the village

Closing the pasture

人里へ下る山の気牧を閉づ

Hitozatohe Kudaruyamanoki Makiwotodu

Hiver   Winter

Le visage angulaire
Du petit chat assoupi
Été indien

Indian summer
A little sleeping kitty's
Triangular face

三角の寝顔子猫の小春かな

Sankakuno Negahokonekono Koharukana

Microcosme

Dans au coin ensoleillé

Un taon en hiver

Hit by the sun light

A thriving microcosm

A winter gadfly

日溜りの小さき宇宙冬の虻

Hidamarino Chihisakiuchiu Fuyunoabu

L'espace vide
Coupé d'un battement d'aile
Papillon d'hiver

A cut moving in
The fabric of empty space
Winter butterfly

空間を切り取つてゆく冬の蝶

Kuukanwo Kiritotteyuku Fuyunochou

De l'espace vide

Un morceau s'est décollé

Papillon d'hiver

A flake has come off

And fell from the empty space

Winter butterfly

空間を剝れ一片冬の蝶

Kuukanwo Hagareippen Fuyunochou

Le temps passe mais
Grand âge n'est pas maladie
La vieille mante

Getting older
In no way is a disease
An ancient mantis

老衰は病にあらず枯蟷螂

Rausuiha Yamahiniarazu Karetaurau

L'ombre du paysan
Qui s'étend jusqu'à son fils
Dans les champs d'hiver

Farmer's own shadow
Extending down to his son
In the winter fields

冬耕の影を我が子に伸ばしけり

Toukauno Kagewowagakoni Nobashikeri

Les générateurs   Standing in a row

Des éoliennes alignées   The spin of white wind turbines

Cygnes de passage   Return of the swans

発電の風車一列白鳥来

Hatsudenno Fuushaichiretsu Hakuteuku

Faisant asseoir

Le chien devant Sirius

En goûter l'éclat

To sit the dog

Under the gaze of Sirius

Staring in the light

天狼を犬坐らせて見遣りゐる

Tenrauwo Inusuwarasete Miyariwiru

Au ciel embrasé d'hiver
Je veux tendre mes deux mains
Et prendre ma course

I want to run
With both hands reaching out for
The winter red sky

冬夕焼両手差しのべ走りたし

Fuyuyufuyake Ryoutesashinobe Hashiritashi

Le saut à la corde

Ils entraînent dans le jeu

Le Fuji lointain

To play the rope-jumping

To invite to the circle

The distant Fuji

縄跳の遠くの富士を引き入れる

Nahatobino Tohokunofujiwo Hikiireru

Au bord de la nuit
Les arbres déshabillés
Pris dans les lumières

Alongside the street
Are standing the naked trees
Entangled with lights

裸木となりて街路樹灯さるる

Hadakagito Naritegairoju Tomosaruru

L'arbre mis à nu
Dans le secret de son sein
Se conçoit la vie

In the naked tree
Life is resting and growing
Waiting for its time

裸木となりて命を宿しけり

Hadakagito Nariteinochiwo Yadoshikeri

Cage à poules
Carrée et triangulaire
La bise givrée

The jungle gym
A square and a triangle
And a strong dry wind

ジャングルジム四角三角空ッ風

Jyangurujimu Shikakusankaku Karakkaze

Se tenant tout droit
Sous les souffles de la bise
Un homme grand et fin

The cold dry winds
A lean and tall gentleman
Keeps standing quite straight

空っ風痩身長軀直立す

Karakkaze Soushinchiyauku Chokuritsusu

Un instant entassés

En tourbillons envolés

Maillots de rugby

Once a maelstrom

Now turned into a clogged mass

Jerseys of rugby

渦となり塊となりラガーシャツ

Udutonari Katamaritonari Ragāshatsu

Le pays natal
Tient toujours une place centrale
Fêtes de Noël

The good old hometown
Is always at the center
In the Holidays

故郷はいつも真ん中お正月

Furusatowa Itsumomannaka Oshiyauguwatsu

Dans un coin ensoleillé

Chien chat et petit oiseau

Jour du Nouvel An

New Year's Day

Dog cat and a little bird

Under the sunshine

日溜りの犬猫小鳥お正月

Hidamarino Inunekokotori Oshiyauguwatsu

De plus en plus nombreux

Des vieillards centenaires

Printemps du pays

More and more living

Over one hundred years old

Spring of a nation

百歳をぞくぞく超ゆる国の春

Hyakusaiwo Zokuzokukoyuru Kuninoharu

Premier livre de l'année
Lire l'utile de l'inutile
Du grand Tchousang-tseu*

First book of the year
With the use of the useless
By grand Zhuang-zi*

読初めは無用の用の荘子かな*
Yomizomeha Muyounoyouno Soujikana

À la cuisine
C'est tout ce qui est resté
Une orange amère

Only one is left
Over the kitchen counter
A bitter orange

橙の一つを残す厨かな

Daidaino Hitotsuwonokosu Kuriyakana

Autour du système solaire
Rotation révolution
La toupie qui dort

The solar system
Rotation revolution
Of a sleeping top

太陽系自転公転独楽澄めり

Taiyaukei Jitenkouten Komasumeri

Croquer le céleri

Sans même lire un poème

D'Arthur Rimbaud

Form Arthur Rimbaud

Not even reading poems

Bite a celery

ランボーを読むこともなくセロリ嚙む

Ranbōwo Yomukotomonaku Serorikamu

J'ai fini sans regret

Le programme de Septembre

Je passerai andante

I have finished the

Programs of January

From now andante

一月のプログラム了へアンダンテ

Ichigatsuno Puroguramuwohe Andante

Doux regards tendres caresses
Elle offre ses soins derrière
Son souffle givré

Caring is giving
Gentle touch and tender looks
Breathing a white breath

看護とは手と眼差しよ息白し

Kangotoha Tetomanazashiyo Ikishiroshi

Par les tourniquets

En avalanches déversés

Leur souffles givrés

From the ticket gates

Flows of people are swept out

Spits of frozen breath

改札を掃き出されたる息白し

Kaisatsuwo Hakidasaretaru Ikishiroshi

De l'homme qui parle
De l'homme qui ne parle pas
Le souffle givré

The man who's talking
The man who is not talking
Their breaths can be seen

語る人語らぬ人の息白し

Kataruhito Kataranuhitono Ikishiroshi

Comme échelle un bouleau blanc Blue after the snow
Appuyé sur le ciel bleu A ladder of white birches
La neige a cessé Reaching to the sky

白樺は空への梯子雪晴るる

Shirakabaha Sorahenohashigo Yukiharuru

Le tramway s'ébroue
Se secoue de droite et gauche
Vient la vague de froid

Right to left to right
The streetcar shakes its body
Cold waves are coming

路面電車がたぴしがたぴし寒波来ぬ

Romendensha Gatapishigatapishi Kanpakinu

L'eau qui a gelé
Sur l'eau qui n'est pas gelée
En train de flotter

The frozen water
Floating over the water
Which has not frozen

水氷り氷らぬ水に浮かびけり

Midukohori Kohoranumiduni Ukabikeri

Scier de la glace
Les vibrations intenses
Traversent l'air

Sawing through the ice
The air penetrated by
Sharply cutting waves

氷挽く空気鋭く震へけり

Kohorihiku Kuukisurudoku Furuhekeri

Au cœur de l'hiver
Bien que la carpe se meut
L'eau ne se meut point

In the midwinter
While the great carp is moving
The water doesn't

寒鯉の動くとも水動かざる

Kangohino Ugokutomomidu Ugokazaru

La pleine lune froide
Il manque encore une pièce
À votre puzzle

A cold full moon
One piece is still missing from
My jigsaw puzzle

寒満月ジグソーパズル一つ欠く

Kanmangetsu Jigusōpazuru Hitotsukaku

Cent millions d'années

De solitude du rocher

Pleine lune d'hiver

Solitude of stones

For a hundred million years

Moon of midwinter

億年の石の孤独や寒の月

Okunenno Ishinokodokuya Kannotsuki

Quatre-vingt-dix-neuf ans
Rêve d'un demi-sommeil
Elle prend le soleil

Ninety-nine years old
In the middle of a dream
Basking in the sun

白寿いま夢の中なる日向ぼこ

Hakujuima Yumenonakanaru Hinataboko

Flocon à flocon

Le vent emporte la neige

Lames luisantes

The snow by the wind

Flake by flake blown away

Flake by flake sharpened

風花のひとひらひとひら尖りけり

Kazahanano Hitohirahitohira Togarikeri

Un homme qui marche

Un homme qui ne marche pas

Les jours s'allongent

A person who's walking

A person who's not walking

Days are lengthening

歩む人歩まぬ人の日脚伸ぶ

Ayumuhito Ayumanuhitono Hiashinobu

Feuilletant les horaires
Trois jours de froid et enfin
Quatre jours de douceur

We had three cold days
Now following by four warm days
Check the timetable

時刻表めくる三寒四温かな

Jikokuheumekuru Sankanshionkana

Les bourgeons d'hiver
Les hommes sont-ils les seuls
À être vivants

Leaf buds of winter
Are really human beings
The only life form

冬木の芽人間だけが生き物か

Fuyukinome Ningendakega Ikimonoka

Notes

Français

15. Haruhaakebono : L'essai " 枕草子 Makuranosoushi" est un célèbre classique japonais de " 清少納言 Seishounagon (966~vers 1025) ". La première ligne de l'essai est «Haruhaakebono» et signifie "l'aurore est la plus belle au printemps".

29. Haïku de Buson : " 与 謝 蕪 村 Yosa Buson (1716~1784) " est un poète de haïku de l'ère Edo. Son haïku d'adieu est «Shiraumeni Akuruyobakarito Narinikeri». Il a écrit beaucoup de célèbres haïkus sur les pruniers.

59. Medaka : Un petit poisson d'eau douce.

106. Kirihitoha : Le penseur chinois " 淮 南 子 Wainanshi" a écrit « 一 葉 落 ち て 天 下 の 秋 を 知 る Ichiyouochite Tenkanoakiwoshiru». Quand une feuille du paulownia tombe, on a une connaissance de l'automne du monde.

108. Suzumushi : C'est une sorte de criquet qui chante Ri-n Ri-n en automne.

114. Ryuufuchini : En Chine, le dragon, personnage divin légendaire, se couche dans le gouffre les 22 et 23 septembre. C'est le Ryuufuchini.

117. Maruyama : L'endroit connu pour ses cerisiers et la contemplation du clair de lune à Kyoto. Dans toute la région il y a beaucoup de temples bouddhistes et shintōs célèbres.

126. 縄文の土偶 (Joumonno Doguu) : La figurine en terre cuite de l'ère Jômon.

131. Tsurubeotoshi : En automne, les crépuscules sont courts.

155. Tchousang-tseu : Grand philosophe chinois (370~287 BC).

English

15. Haruhaakebono : The famous classical Japanese essay "枕草子 Makuranosoushi" was written by "清少納言 Seishounagon（966~vers 1025）". The beginning of this essay is «Haruhaakebono» and it means that the daybreak is best in spring.

29. Haiku of Buson : "与謝蕪村 Yosa Buson（1716~1784）" is a poet of haiku who took activity and had left some haikus of plum tree in the Edo era. He wrote «Shiraumeni Akuruyobakarito Narinikeri» in his bed of death.

59. Medaka : A little fish living in the stream.

106. Kirihitoha : The Chinese thinker "淮南子 Huai-nan-zi" wrote «一葉落ちて天下の秋を知る Ichiyouochite Tenkanoakiwoshiru». It means that at that time a kiri sheds a leaf, people know the autumn of the world.

108. Suzumushi : It is a kind of cricket which rings Ri-n Ri-n at the autumn.

114. Ryuufuchini : In China the dragon is said to hide in a deep channel in autumn.

117. Maruyama : This place is famous for its cherry blossoms and admiring the moon in a Japanese way in Kyoto.

126. 縄文の土偶 (Joumonno Doguu) : An earthen figurine of the Jōmon period.

131. Tsurubeotoshi : In autumn it suddenly become dark at sundown.

155. Zhuang-zi : Great Chinese thinker (370~287BC).

あとがき

　フランス語と日本語による句集『Atmosphère 空気』（2016年）以降の作品156句を、フランス語、英語、日本語による句集『Espace-temps Space time 時空』として纏めた。句集名は、「限りなく広がる時空 柳 絮飛ぶ」からとった。この句は、2017年の春、フランスにアラン・ケルヴェルン氏を訪ねた折に、アヴェロンの古い村で作った。

　『Atmosphère 空気』を上梓して、日本人の私がフランス語で俳句を作ることについて、多くの方からいろいろな反響をいただいた。当たり前だが、私は、日本語（母語）でものごとを考え、理解し、表現する。俳句を作るときも、日本語で考え、日本語で表現する。本句集は、日本語で作った俳句をフランス語と英語の２カ国語にしたもので、私は、これを「自訳」と言っている。自訳は、日本語の表現に対応するフランス語や英語を探り出して行うが、その過程では、俳句を作った時の契機や背景、感動など作者にしか分からないことを、フランス語や英語でもって表現しようと格闘する。そこに自訳の意義と楽しみがある。また、何よりも自訳によって、俳句そのものが、それぞれの言語の世界に広がり、一つの言語だけでは表すことのできない幅や深みを生み出してくれる。

　フランス語や英語に自訳してみて、音節（日本語の場合は5・7・5の17音節）や切れ、季語の重要性を再確認し、フランス語や英語で俳句を作る場合であっても、これらは、必要な条件であると考えた。こうした考えを実践していこうと、私は一昨年、日本語とフランス語による俳句

結社「まんまる」を立ち上げ、日本人は勿論のこと、フランス語圏の方々と活動を始めた。活動を通じて、フランス語圏の方々と交流し、俳句の奥深さや言葉の持つ多様性を楽しんでいる。

　また、本句集の創作にあたっては、『Atmosphère 空気』と同様に、ロミュアルド・マンジョール氏からフランス語や英語の言い回しや音節についての助言をいただいた。ここに深く感謝します。

　アラン・ケルヴェルン氏からは、作品に対する貴重なサジェスチョンと過分な鑑賞文（まえがき）をいただいた。厚く御礼申し上げます。

2020年2月

Postface

Il y a quatre ans, j'ai publié un recueil bilingue de haïkus français et japonais, "Atmosphère 空気". Parmi mes haïkus postérieurs à "Atmosphère", j'ai choisi 156 haïkus pour les traduire en français et en anglais et publie un recueil de haïku "Espace-temps Space time 時空".

Je l'ai appelé "Espace-temps" à cause du haïku "Insensibles aux limites De l'espace-temps qui grandit Les graines de saule". Au printemps 2017, je suis allé en France rendre visite à Monsieur Alain Kervern qui avait écrit la préface de "Atmosphère". Lors de ce voyage j'ai fait ce haïku dans un vieux village de l'Aveyron.

"Atmosphère" a eu du retentissement chez beaucoup de gens. Entre autre ils ont remarqué que je suis Japonais et fais des haïkus en français. Pour moi le japonais est ma langue maternelle. Ainsi lorsque j'appréhende les choses, je pense en japonais et essaye d'y voir en japonais. Quand je fais un haïku, je pense en japonais et représente ma pensée avec le japonais. Dans ce recueil, je traduis en français et en anglais des haïkus que j'ai composé en japonais. Je nomme ce travail "Jiyaku 自訳". Pour la *jiyaku*, il est important que je pense et sonde le mot propre et l'expression heureuse pour chacune des langues. Lors de la *jiyaku*, j'ai porté une attention particulière à exprimer la même émotion et le même environnement que l'original japonais. Je lutte parfois avec le français ou l'anglais pour exprimer des émotions ou impressions que seul l'auteur peut ressentir. C'est la valeur et le plaisir de la *jiyaku*.

Avec la *jiyaku*, je pense que le monde de ce haïku se répand dans chacun des mondes des langues. Je peux produire une largeur et une profondeur d'expression qui n'existent pas en japonais. Si vous lisez ce recueil et sentez comme l'intention de l'auteur, c'est un grand bonheur pour moi. Et puis ce qu'il y a de plus important est que nous pouvons posséder en commun la culture du haïku et la partager dans les mondes francophone et anglophone.

Aussi en pratiquant la *jiyaku* en français et en anglais, je peux revérifier l'importance du nombre des syllabes (cinq-sept-cinq en tout dix-sept en japonais), du "*Kire*", et la nécessité du "*Kigo*". Ce sont de ces présupposés que le haïku devient art et littérature. Pour mettre ma pensée en pratique, j'ai fondé l'association "Manmaru" de haïku en français et japonais en Octobre 2018. Avec les francophones, je jouis de la profondeur du haïku et de la multiplicité langagière.

Comme pour "Atmosphère", je me suis encore fait conseiller par Monsieur Romuald Mangeol. Il a vérifié ces haïkus du point de vue de l'heureuse expression française et anglaise. Et il les a adaptés pour se conformer aux exigences des vers de cinq-sept-cinq syllabes. Je lui suis très reconnaissant de m'avoir aidé.

Monsieur Alain Kervern a fait quelques suggestions et quelques remarques sur mon manuscrit. Il a aussi rédigé l'introduction. Je ne remercierai jamais assez Monsieur Alain Kervern.

Février 2020

Afterword

In 2016 I published a bilingual collection of haikus, "Atmosphère 空気", in Japanese and French. I have chosen 156 haikus from those composed after "Atmosphère" and translated them into French and English. And now I have published the collection of haikus "Espace-temps Space time 時空" in French and English.

I named the collection "Space time" after the haiku "The Space time expanding Without any limit The seeds of willow". At the spring of 2017 I went to France to visit Mr Alain Kervern, who had written the preface of "Atmosphère". At that time I wrote this haïku in an old village of Aveyron.

There were many reactions to "Atmosphère". Especially readers are surprised that I am Japanese, and I compose haikus in French. Japanese is my mother tongue. I think and recognize in Japanese when understanding something. When I write a haiku, I think in Japanese and represent my feelings with the Japanese language. I translated myself those haikus into French and English. I call this work "Jiyaku 自訳". As for *jiyaku*, it is important to imagine and find out suitable English or French words and good English or French expressions. Sometimes I struggle with English or French expressing emotions and impressions only the author could feel. It is the significance and the pleasure of *jiyaku*.

In that way I think that each haiku spreads from the respective world of those languages. Also, with those languages I will be able to create the breadth and the depths of expressions that don't exist in Japanese.

I am very happy that I can enjoy the haiku's culture between English and French speaking peoples.

I believe that the syllables (five-seven-five total seventeen in Japanese) and "*Kire*" are very important, and "*Kigo*" is indispensable for the haiku. I think that through those presuppositions the haiku is literary art. For the purpose of putting my thought into practice, I founded the association of haiku "Manmaru" by Japanese and French in October 2018. With the French speaking people, I am enjoying the depth of haiku and the diversity of languages themselves.

Just as for "Atmosphère" I have taken advice from Mr Romuald Mangeol. His advice on expressions and syllables are very valuable. I am very thankful for this.

Mr Alain Kervern has made suggestions and remarks about my manuscript. And he has written the introduction of this work which is an honor greater than I deserve. I could not know how to thank Mr Alain Kervern enough.

February 2020

Curriculum vitæ

Yasushi Nozu

1948	Né à Kanagawa-Ken Japon
1967-1971	Université de Waseda, Faculté des Politiques Èconomiques
1996	Membre de "貂（Ten)"
2018	Fonde l'association du haïku "Manmaru"
	Président de Manmaru
2018	Quitte "貂（Ten)"

Recueil de poèmes "空気（Kuuki)" (2014), "Atmosphère (空気)" (2016), "時空（Jikuu)" (2019)
Membre du "Public-interest Incorporated Association of Haiku Poets"

Romuald Mangeol

1982	Né à Épinal dans les Vosges, France
2002-2005	École Centrale de Nantes
2005	Programme d'échange à l'université de Keio Gijuku
2011~	S'installe au Japon
2018	Participe à Manmaru et rédacteur de Manmaru

Alain Kervern

Poète du haïku, chercheur du haïku

Né en 1945 au Viêt-Nam. Il fut longtemps enseignant de japonais à l'Université de Bretagne Occidentale à Brest (Bretagne, en France).

Il a écrit de nombreux ouvrages sur le haïku, notamment deux essais sur ce genre «Malgré le givre» (Folle Avoine, 1987) et «La Cloche de Gion» (Folle Avoine, 2016), ainsi qu'une traduction des 5 tomes du *Grand Almanach Poétique du Japon* («Matin de neige», 1990 ; «Le réveil de la loutre», 1992 ; «La tisserande et le Bouvier», 1992 ; «A l'ouest blanchit la lune», 1994 ; «Le vent du nord», 1994, aux Éditions Folle Avoine). Il a également publié une étude sur le poète Bashô : «Bashô et le haïku» (Bertrand Lacoste, 1995) et publié un essai sur le haïku international intitulé : «Pourquoi les non Japonais écrivent-ils des haïku ?» (La Part Commune, 2010).

Et il vient d'éditer un almanach poétique (*saïjiki*) traduit du japonais à propos des mots clés des cinq saisons intitulé «Haïkus des cinq saisons (*gokinari haïku*)» aux éditions Géorama (2014). «Haïkus & CHANGEMENT CLIMATIQUE» Éditions Géorama (2019).

Personal history

Yasushi Nozu

1948	Born in Kanagawa prefecture, Japan
1967-1971	Waseda University, Faculty of Political Economics
1996	Member of "貂（Ten）"
2018	Start the association of haiku "Manmaru"
	President of Manmaru
2018	Quit "貂（Ten）"

Collection of haiku "空気（Kuuki）" (2014), "Atmosphère（空気）" (2016), "時空（Jikuu）" (2019)
Member of "Public-interest Incorporated Association of Haiku Poets"

Romuald Mangeol

1982	Born in Épinal, Vosges, France
2002-2005	Ecole Centrale of Nantes
2005	Short-term study abroad at Keio Gijuku University
2011~	Live in Japan
2018	Member and editor of Manmaru

Alain Kervern

Poet of haiku, researcher of haiku
Born in Vietnam in 1945
Professor of Japanese in the University of Bretagne Occidentale
He has written many works about haiku. Principal works : Two essays «Malgré le givre» (Folle Avoine, 1987) and «La Cloche de Gion» (Folle Avoine, 2016).
The complete five volumes of *Grand Almanach Poétique du Japon*, 1990.
The research paper concerning Bashô : «Bashô et le haïku» (Bertrand Lacoste, 1995).
«Haïkus & CHANGEMENT CLIMATIQUE» (Éditions Géorama, 2019).

略歴

野頭泰史 (のづ　やすし)

1948年　神奈川県生まれ
1971年　早稲田大学第一政治経済学部卒業
1996年　「貂」会員
2018年　「まんまる」立ち上げ、主宰
2018年　「貂」退会
句集に『空気』(2014年)、『Atmosphère (空気)』(2016年)、『時空』(2019年)
俳人協会会員

ロミュアルド・マンジョール

1982年　エピナル (ヴォージュ、フランス) 生まれ
2002〜2005年　エコール・セントラル・ド・ナント
2005年　慶應義塾大学に短期留学
2011年より、日本在住
2018年　「まんまる」立ち上げに参加、編集担当

アラン・ケルヴェルン

俳詩人、俳句研究家
1945年ベトナム生まれ
西ブルタニー大学 (ブレスト、フランス) で日本語教授として長年教鞭に就く
俳句に関する著書多数
主な著書：二つのエッセー「Malgré le givre」と「La Cloche de Gion」
　　　　　「日本大歳時記全５巻」
　　　　　芭蕉に関する研究書「芭蕉と俳句」他

Espace-temps　Space time　時空

2020年4月7日　初版第1刷発行

著者
野頭泰史

発行者
中田典昭

発行所
東京図書出版

発行発売
株式会社 リフレ出版
〒113-0021　東京都文京区本駒込3-10-4
電話 (03)3823-9171　FAX 0120-41-8080

印刷
株式会社 ブレイン

落丁・乱丁はお取替えいたします。
ご意見、ご感想をお寄せ下さい。